Siggi Selector

Für Mira, Coco, Gina, und Vasile

4 Nächte im Rotlicht

Siggi Selector

Impressum

Buchtitel:

Vier Nächte im Rotlicht

Höllenglocken läuten geiler wenn sie Mira heißen

Autor:

Siggi Selector © 2018

Titelfoto © Siggi Selector

Herstellung und Verlag:

BoD - Books on Demand, Norderstedt

ISBN: 9783752848267

Inhalt

Kontaktaufnahme, Leserbriefe:

Siggi Selector ist bei Facebook und Twitter

Die Bar in der Rotlicht-Straße

In meinem Buch „Spiel mit der Sklavin" ist die Story von einem Rollenspiel, das ich mit Mira erlebte. Hier erzähle ich nun die komplette Mira-Story.

Die Lupinenstraße in Mannheim hat 20 Hausnummern. Haus Nr 1 ist ein Kiosk und Internetcafé. Haus Nr 2 ist eine Rotlicht-Kneipe, Haus 3 bis 20 sind die Laufhäuser, in denen Mädchen für Geld Freude anbieten. Die Lupi ist also ein Puff.

Die Rotlicht Bar findest du am Eingang zur Straße mit den meisten Lotterbetten von Mannheim. Folge einfach der Lautstärke, sie weist dir den Weg. Die Tür steht immer offen. Geh durch das Loch in der Wand. Drinnen ist das Erste, was du denkst: Rot. Das Nächste, was du spürst ist: Laut. Die Ventilatoren verblasen heiße Höllenluft. An der Wand hängt als Dekoration ein Pornofilm. Viele Männer hier sind wandelnde Tattoos. Die Titten hinter dem Tresen können Cocktails mixen.

Das ist eine meiner Stammkneipen.
Hier beginnt die Story. Vier Tage im Rotlicht.

Die kleine Bar entspricht atmosphärisch genau dem Klischee, das man sich vorstellt, wenn man sich eine Kneipe vorstellt, die im Rotlicht-Viertel in der Nachbarschaft vom Puff ist.

Sie wurde erst vor ca. 2 Jahren geboren, aber sie kann schon laufen. Besonders am Wochenende ist sie nicht nur voller Bier- Schnaps-, Wein-, Rum-, Whisky-, Sekt- und Champagner-Flaschen, sondern auch gefüllt mit Gästen, die auch mal eine Runde Shots dazwischen kippen.

Die Kunden sind meist männlich und machen hier einen Getränkestopp als Pauseneinlage zur Shoppingtour entlang der Laufhäuser mit den Freudenpuppen in der Fensterauslage.

Seit der Existenz diese Kneipe bin ich dort Stammgast. Hier treffe ich Männer, die wie ich gerne zu Huren gehen. Wir können über das Thema Prostitution reden, ohne die Damen und die Szene zu verteufeln. Oft sind Männer hier, die nicht aus Mannheim sind. Sie haben den Puff gesucht und gefunden und sind dann in dieser Bar gelandet.

Manchmal wollen sie wissen, wie die Preise in der Lupinenstraße sind und andere Ratschläge.

Gerne gebe ich diesen Sextouristen meine Tipps und empfehle auch meine Bücher, insbesondere die Novelle „Lustlauf durchs Laufhaus", denn die Story beschreibt eine Tour durch die Häuser der Lupinenstraße. Auf alle Fälle entstehen auf diese Art interessante Gespräche.

Manchmal besucht auch das eine oder andere Freudenmädel diese Bar, um eine Arbeitspause einzulegen oder in der Hoffnung, einen zukünftigen Kunden auf sich aufmerksam machen zu können.

Als ich Mira das erste Mal in der Kneipe sah, dachte ich, sie wäre „so eine".

Der Freitags-Flirt

Es war einmal an einem Abend namens Freitag, vor nicht so vielen Monden in der Mannheimer Neckar Stadt West. Die Nacht war schon rot und die Laternen schienen schwarz wie Neon.

Natürlich umgekehrt.

Eine sexbombige Teufelin saß am Ende des Tresens in der roten, lauten, heißen Hölle und sie war bereit, alle Männer zu verhexen. Ich saß leider ganz weit weg, genau in der anderen Ecke der Hölle.

Ihre Mördertitten waren im Rotlicht auch auf größere Entfernung gut zu sehen. Wie zu laute Höllenglocken bei einem Livekonzert wo die Ton-Anlage wegen Hochspannung zu sehr unter Strom steht. Laut und riesig und unübersehbar.

Ihre großen Brüste sprengten fast das schwarze T-Shirt, das tief dekolletiert war. Ein absoluter Blickfang für Männer und ein Magnet für diejenigen unter uns, die den Kampf gegen die Sucht nach großen Brüsten längst aufgegeben haben.

Ihre Oberweite schrie quasi nach Sex und ich hörte es ganz genau.

Die Höllen Glocken riefen zur Huldigung und warteten darauf, angebetet zu werden.

Also begab ich mich neben sie und sprach sie an.

„Hallo, ich bin der Siggi, ich bin Stammgast hier, und kenne die Bedienungen dieser Kneipe, Gina und Coco. Wie ich sehe, kennst du sie auch, aber dich kenne ich noch nicht. Jetzt bin ich zu dir gekommen damit wir das vielleicht ändern können."

„Gerne", sagte sie, „ich bin die Mira. Ich bin eine Freundin von Coco, und ich arbeite auch hier."

„Wo hier? In der Straße?"

„Nein, hier in der Bar."

„Das verstehe ich jetzt aber nicht. Du sitzt doch nur hier. Ich sehe nicht, dass du etwas arbeitest."

„Ich arbeite als Unterhaltungsdame, damit sich die Männer hier wohlfühlen."

„Schade, dass du nicht in der Straße arbeitest. Du hättest bestimmt großen Erfolg, so wie du aussiehst mit deinen großen Glocken, die ja niemand überhören kann. Ich sag das jetzt einfach mal so frech. Wir sind hier ja im Rotlicht, da erlaub ich mir das zu sagen."

Mira war auch gar nicht schockiert, sondern lachte und fragte:

„Gefallen dir meine Titten?"

„Sehr sogar. Größe E würde ich sagen."

„Die sind sogar F", behauptete sie.

„Na ja, F sind sie glaub ich nicht, aber es wären die größten, die man hier in der Straße nebenan kaufen könnte", sagte ich und wir lachten und flachsten, dass es eine helle Freude war, in dieser Rotlichthölle. Es war ein geiler Flirt. Sie erzählte, dass sie von irgendwo aus Norddeutschland käme und an diesem Wochenende ihre Freundin, die Barkeeperin Coco, hier in Mannheim besuchte.

Ich gab ihr einen kleinen Cocktail für 15 € aus, fasste auch ein oder zweimal oder mehrmals an ihren großen Busen, weil ich es nicht fassen konnte, wie groß und gleichzeitig schön er war.

Als Entschuldigung bzw. Rechtfertigung log ich, dass ich schon lange nicht mehr so riesengroße Brüste in der Hand gehabt hätte. Außerdem müsste ich prüfen, ob diese herrlich höllischen Glocken echt sind.

Wir flirteten erheblich länger als eine Stunde.

Jedenfalls trank ich in der Zeit fünf Bier und Mira zwei Cocktails. Am Ende zahlte ich 50 € inclusive Trinkgeld.

Das war der Freitag.

Besoffen fuhr ich mit dem Taxi nach Hause.

Das ist übrigens ein Foto von Miras Cocktail.

T-Shirt-Zerschnitt am Samstag

Am Samstag kam ich wieder in die Rotlicht Kneipe und zu meiner Enttäuschung stand Mira zusammen mit Gina und Coco hinter dem Tresen. Weil sie jetzt hinter dem Tresen arbeitete, konnte ich ja gar nicht so toll mit ihr flirten wie gestern.

Aber noch größer war meine Enttäuschung über das Shirt, das sie heute trug. Es war ein einfaches,

13

schwarzes T-Shirt, sie trug darunter keinen BH. So weit so gut. Aber dieses verdammte T-Shirt hatte überhaupt keinen Halsausschnitt, also kein Dekolleté, es war absolut ungeil.

Sommer 2018, die Temperaturen lagen draußen und drinnen bei ungefähr 30 Grad Celsius, Nachts!

„Frierst du heute, Mira?", fragte ich sie.

„Nein, im Gegenteil, mir ist total heiß."

„Kein Wunder, du bist ja viel zu warm angezogen!"

Sie lachte, blies sich von oben ins Shirt rein. Vasile, ein Rumäne, Ende 50, also fast so alt wie ich, winkte Mira zu sich heran und rief ihr zu, dass er ihr gerne helfen würde, beim Luft reinblasen.

Mira lachte, zog sich das T-Shirt ganz weit runter, blies aber selber wieder hinein.

„Zieh es aus, Mira, das ist viel zu warm und sieht überhaupt nicht sexy aus. Also gestern hast du uns viel besser gefallen, in dem Shirt mit tiefem Ausschnitt."

„Ich kann es nicht ausziehen, ich hab nichts anderes dabei."

„Meinetwegen kannst du oben ohne bedienen."

Das war natürlich zu viel verlangt. Aber Mira begriff, dass sie absolut falsch angezogen war.

„Mira, das ist doch nur ein einfaches T-Shirt. Ich gebe dir 10 €, wir schneiden mit der Schere einen Ausschnitt rein und morgen kaufst du dir ein neues T-Shirt."

Vasile war auch begeistert von meiner Idee, klatschte begeistert in die Hände und rief:

„Ja, Mira, mach das!"

Mira tuschelte etwas mit den Kolleginnen Coco und Gina, dann sagte sie zu mir und dem Rumänen:

„Okay, aber von jedem 10€."

Sofort hatte ich meinen 10er gezückt und motivierte Vasile, den Rumänen:

„Los, hol die 10 € raus, wir zerschneiden ihr T-Shirt!

Der Rumäne zahlte auch, und Mira hatte nun 20 €.

Gina kam mit einer Schere, aber ich schrie:

„Stop! Erst machen wir ein Foto VORHER und danach machen wir ein Foto wie es NACHHER aussieht. Außerdem machen wir ein Video davon. Gina filmt, und ich schneide, Okay?"

„Okay, aber nicht in Youtube oder Facebook reinmachen!", sagte Mira und ich versprach es.

Das VORHER-Foto war schnell gemacht.

Da klingelte mein Handy und Kumpel Peter fragte mich, wo ich wäre. Red Light Bar. Okay, in 10 Minuten könnte er da sein.

Ich sagte Mira, und dem Rumänen, dass wir mit dem Zerschneiden noch warten müssten, bis mein Kumpel da wäre, der sollte die Show auch sehen.

Endlich war mein Kumpel eingetroffen und mit Bier versorgt. Mira und Gina kamen nach vorne, also hinterm Tresen raus. Ich bekam die Schere in die Hand, Mira stellte sich zwischen mich und den Rumänen und Gina begab sich auf Kameraposition.

Genüsslich zerschnitt ich das T-Shirt, beginnend in Höhe von Miras linker Schulter, die Schere abwärts führend, dann rüber nach rechts und wieder aufwärts. Ich war sehr vorsichtig gewesen und es sah schon gut aus aber ich sagte:

„Ein Zentimeter geht noch!", und ich vergrößerte den Ausschnitt nochmals um circa 3 Zentimeter tiefer.

Jetzt waren alle zufrieden. Auch Mira.

Mira hatte endlich mehr Luft oben herum und wir hatten wieder etwas mehr zu Sehen.

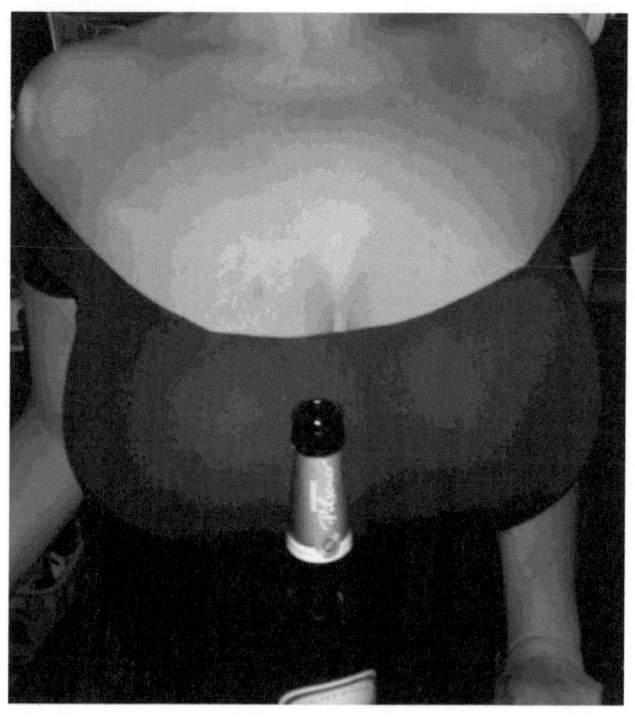

Wir machten das hier abgebildete Foto „DANACH"
und das Beste war, dass Mira sich wieder neben
mich setzte, statt hinter dem Tresen zu bleiben.

Ich spendierte ihr einen Cocktail, trank ein paar
Bier und dann verabschiedete ich mich von ihr,
weil ich jetzt noch bumsen musste.

Mira fragte, ob ich nächstes Wochenende wieder kommen würde und ich erklärte na klar, ich bin fast täglich hier. Und sie?

„Ich fahre morgen nach Hause, aber ich denke, dass ich nächstes Wochenende wieder kommen werde."

„Das würde mich sehr freuen", sagte ich, gab ihr zum Abschied Küsschen auf die beiden Wangen, drückte nochmal kräftig ihren großen Busen und ergänzte:

„So, jetzt muss ich aber ficken. Du hast mich schon den ganzen Abend geil gemacht, nee gestern auch schon."

Mira grinste und ich zog los. Einen langen Lustlauf durchs Laufhaus machte ich nicht mehr. Brauch ich auch nicht mehr zu machen. Inzwischen kenne ich genug Mädels in der Straße und steuere eine von diesen direkt an.

So einfach hat man es als Hurengänger. Wenn man ein Mädel nicht haben kann, mit der man in der Kneipe flirtet, dann geht man einfach in den Puff.

Wenn die eine nicht will, dann eben eine andere. Und die Auswahl im Puff ist außerdem viel größer als in der Kneipe, ha ha ha.

Es ist doch herrlich ein Single zu sein, der nicht auf der Suche nach Liebe ist, sondern einfach nur Sex will.

So macht das Wochenende immer richtig Spaß.

Das war der Flirt am Samstag.

Überraschung am Sonntag

Sonntag, am Tag, schrieb ich an einem Buch. Ich war so vertieft in die Arbeit, dass ich erst um ca. 23h mit dem Schreiben aufhörte. Nach der Arbeit wollte ich ein kaltes Bierchen zischen. Sonntags haben nicht viele Kneipen auf, aber die Rot Licht Bar neben dem Puff hat natürlich auch am Sonntag geöffnet, bis morgens um 3h.

Also ging ich wieder in die Rotlicht Kneipe, wollte gemütlich noch ein Bier vor dem Schlafengehen trinken und das Wochenende ausklingen lassen.

In der Bar war kaum was los. 3 Typen saßen vor den Glücksspiel Automaten, Gina und ich waren die einzigen am Tresen. Sie dahinter, ich davor.

Gina stellte mir mein Bier hin und sagte:

„Übrigens, Mira arbeitet seit heute in der Straße."

Ich verschluckte mich fast am Bier.

„Nee. Was? Sie wollte doch nach Hause fahren und erst nächstes Wochenende wieder nach Mannheim kommen."

„Sie ist aber geblieben und arbeitet jetzt in der Straße. Ich weiß in welchem Haus. Falls du sie besuchen willst."

Das musste ich jetzt erst mal verkraften. Zwei Tage flirte ich mit dieser Frau, dieser Sexbombe, und habe mich damit abgefunden, dass ich dieses Vollweib nicht ins Bett kriegen kann, gehe deshalb eine andere bumsen, und jetzt diese Nachricht.

Ich musste jetzt nur aufstehen und zu ihr hingehen? Ich konnte es noch immer nicht glauben. Dann fiel mir ein, dass Huren eine ungeschriebene Regel haben, die besagt, dass sie mit Freunden und Bekannten nicht für Geld ins Bett gehen. War ich bereits in dieser Kategorie? Konnten jetzt alle zu ihr gehen und mit ihr ins Bett, nur ich nicht?

„Willst du Siggi?", fragte mich Gina und riss mich aus meinen Gedanken.

„Hast du ihre Telefonnummer?". fragte ich Gina.

„Ja, soll ich sie anrufen und sagen dass du sie besuchen kommst?"

„Genau. Ruf sie an und frag, ob sie für mich Zeit hat und lass dir das Stockwerk sagen, auf dem sie arbeitet. Ich will sie nicht im ganzen Haus suchen müssen."

Gina hackte ein bisschen auf der Telefontastatur herum und schrieb mit WhatsApp Nachrichten. Dann sagte sie zu mir:

„Mira wartet auf dich. Zimmer im ersten Stock."

„Danke Gina. Ich geh jetzt zu ihr und komme wieder zu dir zurück. Bis nachher."

Circa um Mitternacht zog ich los und machte mich auf den Weg zu ihr. Irgendwie hatte ich das Gefühl jetzt eine Pflichtnummer schieben zu müssen.

Zwei Tage lang hatte ich mit Mira geflirtet, ihr Komplimente wegen des großen Busens gemacht, ihr an die Titten gefasst und ihr gesagt dass sie mich geil macht.

Jetzt die Chance nicht wahrnehmen? Dann hätten Gina, Coco und Mira ja gedacht: Erst große Klappe und dann Schwanz einziehen...

Nein. Jetzt musste ich allen beweisen, dass ich nicht nur reden und saufen, sondern auch ficken kann.

Glücklicherweise kriegte ich diesen kurzen Gedanken an die Pflichtnummer gleich wieder aus dem Kopf, denn ich sagte mir:

„Siggi, du geht da jetzt rein zu ihr und flirtest einfach weiter mit ihr, wie in der Bar. Nur dass wir gleich ins Bett gehen können, wenn wir Lust darauf haben."

Wie gedacht, so getan. Es gibt nichts Besseres als Kopf-Kino, um geil zu werden.

Höllenglocken über mir

Im ersten Stock des Laufhauses wo sie arbeitete, war es ein Leichtes, Mira zu finden. Fünf Zimmer gibt es dort, alle Türen waren geschlossen, außer Miras Tür. Weil es Sonntagabend war, hatten wohl alle Kolleginnen nach einem hoffentlich kundenreichen Freitag und Samstag ihren wohlverdienten Ruhetag eingelegt. Oder schliefen schon.

Aber für Mira war es ja der erste Arbeitstag hier im Laufhaus, im Puff von Mannheim.

Für ein paar Sekunden blieb ich vor ihrer geöffneten Tür stehen und schaute auf Mira, die im Schneidersitz auf ihrem Bett saß. Sie hatte ein schwarzes Top an, tief ausgeschnitten.

Als sie mich sah, senkte sie schuldvoll den Kopf, schaute mich an und gestand:

„Ich habe die Seiten gewechselt."

„Wie schön für mich", sagte ich, betrat das Zimmer, und schloss hinter mir die Tür.

Dann sprach ich weiter:

„Jetzt kann ich den Flirt, den wir in der Bar begonnen haben, fortsetzen und weiß, dass wir endlich miteinander im Bett landen."

Mira lachte und stand auf: „Ja, das ist schön" und zog sich gekonnt das Top aus. So schnell, dass ich sie nicht stoppen konnte. Kurz sah ich ihre nackten, großen Brüste, aber ich schlug mir die rechte Hand vor die Augen, drehte mich weg von ihr und winkte mit der linken Hand in der Luft ein „Nein".

„Mira, zieh dich bitte wieder an! Das geht mir zu schnell. Ich hatte doch eben gesagt, dass wir weiter flirten. Wie in der Bar."

„Oh Entschuldigung. Moment. Jetzt. Darfst wieder gucken."

Da stand sie nun vor mir, wie in der Bar, aber wir waren allein in ihrem Zimmer. Ich zog sie zu mir heran, schaute ihr tief in die Augen und während meine eine Hand hinten auf ihrem verlängerten Rücken lag, griff ich ihr mit der anderen Hand...

ungeniert an ihren großen Busen. Nun, das hatte ich schon in der Kneipe gemacht, aber nur kurz. Jetzt konnte ich die Hand da liegen lassen und ihren Busen kneten. Er ist fest, aber nicht aus Beton. Sollte tatsächlich etwas Silikon darin sein, dann wohl nur wenig, damit er formschöner ist.

Genüsslich massierte ich ihren Busen, dann nahm ich auch die andere Hand und massierte auch ihren zweiten. Dann drückte ich die Brüste zusammen, dass sie schön aus dem Ausschnitt quollen. Ich rollte mit den Augen und sagte laut „Ahh", so wie man es nach dem ersten Schluck aus einer Flasche mit kaltem Bier sagt.

„Endlich. Das Flirten mit dir in der Kneipe war ein tolles Vorspiel und jetzt, beim dritten Date bin ich am Ziel. Auch wenn ich bezahlen muss. Wie schön, dass du hier in der Lupi arbeitest, statt nach Hause gefahren zu sein."

Sie rechtfertigte sich ein bisschen, sie hätte schon immer mit dem Gedanken gespielt, es einmal zu probieren. In den letzten beiden Tagen hatte sie

auch andere Mädchen, die hier arbeiten kennenge-
lernt und erfahren, dass es hier in der Straße kor-
rekt zugeht und sie wollte es einmal probieren.

„Dann hast du ja Glück, dass einer deiner ersten
Kunden hier in der Lupi ein Mann ist, mit dem du
so schön in der Bar geflirtet hast. Wieviel Kunden
hattest du denn heute, an deinem ersten Tag?"

„Drei", sagte sie und klang dabei so, als hätte sie
gestanden, etwas Verbotenes getan zu haben.

„Gratuliere. Fing doch gut an. Aber ich habe dir ja
gesagt, dass du mit diesen großen Argumenten
bestimmt auch großen Erfolg hier haben wirst."

Weil wir gerade beim Thema waren, griff ich wieder beherzt an ihre Oberweite.

Dann zog ich ihr Shirt herunter, aber nur auf der
einen Seite, bis ich die Brustwarze sah, dann das
Shirt wieder nach oben. Dann dasselbe Spiel auf
der anderen Seite. Dann zog ich den Ausschnitt
nach vorne und warf einen tiefen Blick in ihr Dekolleté und sah beide Brüste nackt im Shirt.

„Jetzt hast du mich aber richtig geil gemacht. Mehr als in der Kneipe. Und weil wir glücklicherweise auf dem Zimmer und nicht in der Bar sind, wird es jetzt Ernst. Ich zieh mich jetzt aus."

„Oh, wie ernst wird es denn?", fragte sie.

„Das volle Lupi-Programm, oder mehr, kommt auf dich an", sagte ich, während ich mich auszog.

„Wie geht denn das volle Lupi-Programm?"

„Hey, du hattest doch schon drei Kunden heute, du wirst inzwischen bestimmt wissen, was alles dazu gehört. Hochwichsen, Blasen und Bumsen in mehreren Stellungen."

Wie das Gespräch genau verlief weiß ich nicht mehr, aber es war so ähnlich und ich lass jetzt diesen literarischen Erzählstil, wie man ihn in Büchern findet, mal weg. Sonst liest Mira den Dialog und sagt dann: „So habe ich das aber nicht gesagt!" und ich will es mir mit ihr nicht verscherzen.

Es geschah dann dieses von mir erwähnte Wichsen, Blasen und Bumsen.

Wichsen und Blasen passierte in verschiedenen Stellungen, wichtig war, dass ich immer ihre großen Titten sehen konnte.

Unter anderem bat ich sie auch, sich über mich zu stellen und sich dann nach vorne zu beugen, damit die dicken Dinger genau vor meinen Augen baumelten, während sie mich wichste.

Hells Bells! Die Glocken läuteten verdammt laut!

In einer anderen Position kniete sie vor mir, wichste mich zwischen ihren Titten. Es war zwar kein Tittenfick, aber es sah genau deshalb viel geiler aus, als wenn mein Longdong zwischen ihren riesigen Möpsen ganz verschwunden und nicht mehr sichtbar gewesen wäre.

Ab und zu spuckte sie auf meinen Erzeugerstab, beziehungsweise ließ genüsslich Speichel aus ihrem Mund herauslaufen, so dass er auf meiner Eichel landete. Wo er verrieben wurde.

Der beim Wichsen mit offenem Munde angedeutete Blowjob, optisch quasi zwischen ihren Brüsten, machte mich nun so geil, dass ich jetzt den Blowjob und das anschließende Ficken wollte. Das sagte ich ihr auch. Leider zog sie mir einen Gummi drüber. Der hatte eine rote Farbe.

„Erdbeergeschmack?", fragte ich sie.

„Ja. Kondome schmecken mir sonst nicht."

Dann leckte sie den Erdbeergeschmack steckte ihn sich in den Mund. Erdbeermarke Deep Throught. War lecker. Ich ließ sie schlecken und lutschen.

„Jetzt bumsen", sagte ich. Um nicht in ihrem Mund zum Höhepunkt zu kommen brauchte ich sofort eine Verzögerung, also Stellungswechsel.

„Welche Stellung?", fragte sie und ich sagte:

„Dumme Frage. Bei deinen Titten gibt es nur eine, die mir gefällt: Du oben, Reiten, Titten vor meinem Gesicht."

Sie lachte und erfüllte mir meinen Wunsch. Der Ritt begann mit dem gehockten Reiter, dann ritt sie in verschiedenen Rhythmen und stöhnte, dass ich fast meinte, sie rubbelt sich auf meinem Gerät jetzt selber zum Orgasmus.

Es war sehr geil und ich hätte in dieser Stellung ins Gummi spritzen können, aber dieses Scheißgummi schmeckte mir einfach nicht.

„Wieder wichsen zwischen deinen Titten."

Mira entfernte das Erdbeergummi, kniete sich nochmals vor mich, ließ ihren Geifer aus ihrem „ahh" sagenden, geöffnetem Mund auf meinen Penis tropfen, rollte erotisch mit der Zunge und schließlich spritze ich ab. Mein Endprodukt männlicher Lust klebte dann leider nicht auf ihren Brüsten. Irgendwie hatte Mira die Tittenbesamung verhindern können.

Wieder sagte ich ein langes „Ahh". Diesmal mit dem Klang, wenn man den letzten Schluck aus der Bierflasche genommen hat. Und blieb zufrieden einfach mal liegen.

Mira holte die Reinigungsmittel, kniete sich seitlich neben mich und ich knetete nochmal zufrieden eine ihrer Titten, während sie die Überschwemmung auf meinem Bauch trocken legte.

Mira fragte: „Na, wie war ich?"

„Note zwei plus", sagte ich.

„Nur zwei plus?"

„Es gibt noch Entwicklungspotential. Für zusätzlich Busenfick mit Tittenbesamung gebe ich dir dann 1 minus", erklärte ich ihr. „Außerdem gäbe es noch die Chance zur Note 1, 1 Plus, 1 Doppelplus und 1 mit Stern. Da reden wir dann drüber, wenn wir uns besser kennen."

Sie fragte nicht weiter. Ich glaube aber, sie weiß, was Männer sonst noch wünschen. Aber vielleicht nie von ihr erhalten werden.

Ich glaube nicht, dass es der erste Tag war, an dem sie es für Geld machte. Ich sag mal: Erdbeergummi, Speichelspiel. Außerdem die Erfüllung typischer Stellungswünsche von Freiern, die keine Rücksicht auf Bequemlichkeit oder Lustgewinn für die Frau nehmen. Alles hat Mira mit professioneller Bravour gemeistert.

Ich sprach meine Gedanken aber nicht aus.

Mira ging sich waschen, ich mich auch, wir zogen uns an und gingen gemeinsam in „unsere" Bar, um etwas zu trinken. Das Bier zischte meine Kehle herunter und ich sagte wieder „Ahhh".

„Alles gut, Siggi?", fragte mich Barkeeperin Gina.

„Du darfst ihr alle Einzelheiten erzählen", erlaubte ich Mira. Die lachte aber nur.

Wir lachten noch eine Weile zusammen und ich versprach Mira, sie wieder zu besuchen.

BSDM-Spiel am Montag

Drei Treffen hatte ich jetzt also schon mit Mira, beim dritten Treffen hatten wir Sex miteinander. Es war zwar käuflicher Sex, aber man kann sagen, dass es uns beiden Spaß gemacht hat, den Flirt in der Bar auf der horizontalen Ebene fortzuführen.

Was macht ein lediger Mann nach einem anstrengenden Arbeitstag, der auch noch ein verdammter Montag ist? Einer wie ich geht in seine Stammkneipe und trinkt ein erfrischendes Bierchen.

Meine Stammkneipe war jetzt die Rotlicht Bar.

Schon wieder war die Mira in der Bar. Das Wochenende mit ihr war super gewesen. Das Erlebte konnte man am Montag bestimmt nicht steigern. Die schöne Erinnerung an die letzten drei Tage wollte ich nicht zerstören und nur ein bisschen plaudern. Ohne Anmache, ohne gegenseitiges scharf machen. Ja, das wollte ich und sagte zu ihr:

„Mira, das Wochenende mit dir war so super, das kann man an einem Montag garantiert nicht toppen. Ich geh heute nicht mit dir ins Bett. Okay?"

Mira: „Ganz wie Sie es wünschen, mein Herr!"

Es klickte in meinem Kopf, es war wie das Codewort, auf das ich seit langer Zeit gewartet hatte. Ich reagierte, als wäre ich ein „Schläfer-DOM", der mit dem Codewort „mein Herr" aufgeweckt wurde.

„Kannst du das noch einmal wiederholen, das was du eben gesagt hast?", bat ich sie.

„Wie du willst", sagte sie.

„Nein, so hast du es nicht gesagt. Du hast gesagt: ‚Ganz wie Sie es wünschen, mein Herr' und ich muss dir sagen, dass mir das besonders gefallen hat. Mir gefällt es, wenn Frauen zu mir ‚Meister' sagen, oder ‚mein Herr'. Und erst Recht, wenn sie meine Wünsche erfüllen."

„Okay, was hast du noch für Wünsche, Meister?"

„Dass du mir meine Wünsche erfüllst und immer sagst: ‚Gerne, Meister'. Und du darfst nie vergessen zu sagen ‚Danke, Meister, gerne mein Herr' und so."

Mira hatte verstanden.

„Was ist also dein nächster Wunsch, Meister?"

„Dass wir jetzt die Bar verlassen und das Meister-Spiel bei dir im Zimmer weiterspielen."

„Wie du es wünschst, mein Meister!", sagte Mira.

Wir gingen zusammen aus der Bar, durch die Lupi, vorbei an allen anderen Freudenmädchen, die da am Fenster auf Kundschaft harrten. Wir betraten das Laufhaus wo sie wohnte, ignorierten die Damen im Erdgeschoß und auch diejenigen im ersten Stock und betraten Miras Zimmer.

Wir zogen uns aus. Das Spiel konnte beginnen.

„Sollen wir gleich ins Bett, Meister?"

Ich gab ihr einen kleinen Klaps auf den Po.

„Die Fragen stelle ich und die Befehle gebe ich. Verstanden? Wenn du nicht parierst, kriegst du einen Klaps."

„Ja Meister."

„Nein, wir gehen noch nicht ins Bett. Wir machen es etwas spannender. Stell dich genau vor mich."

Sie stellte sich vor mich.

Klaps.

„Du hast vergessen, ,Ja, Meister', zu sagen."

„Meister, du hast vergessen, ,Bitte' zu sagen."

Klaps.

„Du bist frech!"

„Ja, Meister, wie du wünscht, Meister."

Da musste ich echt lachen, über ihre Frechheit. Natürlich gab es wieder einen Klaps zur Strafe.

„Nimm die Arme über deinen Kopf, Mira. Und kreuze sie."

„Wie Sie wünschen, Meister. Warum soll ich das machen?"

Klaps.

„Keine Fragen. Nur Gehorsam. Aber ich verrate dir wieso: Damit ich dich besser sehen und anfassen kann. Ich werde dich jetzt anfassen."

„Überall, Meister?"

Klaps.

„Falsche Frage. Wie ist die richtige Antwort?"

„Ja, mein Meister, Überall, bitte, Meister!"

Dafür gab es ein Küsschen. Zur Belohnung.

Dann streichelte ich ihren Körper, ihren Busen. Dann knetete ich ihre Brüste.

„Du darfst deinen Herren anfassen!"

„Wo, Meister?"

Klaps.

„Dumme Frage. Da wo dein Meister am größten ist. Du darfst mal schauen, schau mal runter."

„Oh, Meister, der ist aber groß!"

„Du musst ihn größer machen."

„Aber gerne Meister!"

Da wichste sie ihren Meister, bis er größer und allmächtig war.

So ging das Spiel weiter, in einem Fort.

Mira machte dieses Rollenspiel auch Spaß und zwischendrin wagte sie schnippische Gegenfragen oder Kommentare. Zum Beispiel:

„Sie sind ja ein Schwein, Meister!"

Die kleinen Frechheiten von ihr brachten mich zum Lachen, ich fand sie gut, es machte das Spiel spaßig und spannend, weil man nie wusste, was der andere gleich sagen wird. Trotzdem bekam sie für ihre tollen Frechheiten immer einen kleinen Klaps.

„Oh Meister, schlag mich noch mal", traute sie sich zu sagen, da ich wirklich nur kleine Klapse machte, die zwar knallten, aber nicht wehtaten.

„Da sollst mich nicht bitten, etwas zu tun!"

Für ihre Bitte gab es wieder einen Klaps.

„Ja, weiter, Meister, schlag mich!"

„Nein, sagte der Sadist", sagte ich.

So in diesem Stil verlief das Schäferstündchen, das je nie eine ganze Stunde dauert, aber ungefähr.

„Wie war ich Meister?", fragte Mira.

„Note 1 minus. Du hast dich gesteigert."

„Danke, Meister."

Ich nahm mir vor, das nächste Mal ein Zimmermädchen- oder Schulmädchen-Kostüm mitzubringen, Das Meister-Spiel in Kombination mit einem Kostüm, das zu einer SUB passt: Ja, das wäre ein Fetisch-Knaller und eine Möglichkeit, die Schulnote zu verbessern.

Nach dieser Spieleinlage am eigentlich ruhigen Montag kehrte ich zurück in das Rotlicht Pub und ließ das gefühlte lange Wochenende ausklingen.

Happy End

Dieses Abenteuer erlebten Mira und ich im Juli. Jetzt ist es September und Mira arbeitet jetzt nicht mehr in der Lupi, sondern zusammen mit Gina und Coco in der Red Light Bar. Wir lassen es bei dieser Story, dieser schönen Erinnerung an die 4 Nächte im Rotlicht. Oft spricht sie mich in der Kneipe mit „Meister" an. Dann weiß ich, dass sie sich auch gerne an unser Spiel erinnert. Coco dagegen beschimpft einen der Stammgäste wie eine Domina.

Wem das Meister-Spiel mit Mira gefallen hat und etwas mehr über das BDSM-Rollenspiel Dominanz und Unterwerfung erfahren will, dem empfehle ich mein Buch „**Spiel mit der Sklavin**".

Mehr über die Lupinenstraße in Mannheim steht in meinem Buch „**Lustlauf durchs Laufhaus**".

Und es geht weiter. Denn eines ist sicher:

Die Lust auf Abenteuer endet nie.

Meine Bücher kann man nicht nur lesen,

sondern auch erleben!

Mira, Coco, Gina und mich gibt es auch LIVE

Mira am Tresen. Mit Visitenkarten meiner Bücher
Die Schöne war das Biest und Lustlauf im Laufhaus

Siggis Leben ist aufregend und testosteronhaltig.

Es gibt noch mehr Storys und Bücher von ihm.

Hasenjagd im Singlemarkt
Liebe endet mit Liebeskummer, Sex mit Orgasmus

Die Schöne war das Biest
Ein erotisches Rollenspiel mit bösem Ende

Viel Sex für wenig Geld
Das erste Mail im Puff

Sex oder Salsa
Warum tanzen, wenn du Sex willst?

Lustlauf durchs Laufhaus
Alle Treppen führen zum Glück

Traumfrauen im Lotterbett
Im Puff können Märchen wahr werden

Sex mit der Sexbombe
Besser als im falschen Pornofilm

Gruppensex im Lotterbett
Flotte Dreier mit dem Freier

Flotter Vierer mit Zahlemann
Drei Frauen im Bett ist nichts Perverses

Spiel mit der Sklavin
Kleine Klapse auf den sexy Po

Weitere Storys und Bücher sind in Arbeit